文芸社

歌集

あら草の歌

関塚　清蔵

目次

はしがき

あら草とは荒地に生える雑草のことであり、雑草とは農作物以外のいろいろな草の総称である。

荒地に生育する雑草と言っても、それぞれ固有の名前があり、その種類は多種、多様で一年生から多年生まである。

何れも生育が逞しく、繁殖力が旺盛で、栽培される農作物と違って不良環境にも適応する性質をもっている。

例えば短期間に開花して沢山の種子を作り、種子には休眠や硬実などの特性がある。このため結実して地上に落下した種子は、栽培作物と違って直ぐに発芽するものは少なく、数年に亘って少しずつ発芽してくる。従って一度定着すると絶やすことが困難である。

これは子孫を残すために雑草に与えられた天与の特性と言うべきものであろう。また雑草は鑑賞用の花卉類と違って、花は地味で小さく目立たないものが多い。

田舎育ちの私は、このような地味で目立たない荒草の野生の逞しさに心をひかれる。

私の歌は荒地に生える雑草のようなものだと自ら評している。そこでこの歌集は「あら草の歌」という題名にした。

私の短歌歴はごく浅いもので、何とか短歌を詠み始めたのは七十歳を過ぎてからである。ただ若い頃に大陸の戦野で、感ずるままに詠んだ拙い歌が珍しく残っている。

これは貴重な戦争体験として書き残しておきたいと思ったのが、この歌集を出す端緒となったものである。このことはそれぞれの章で詳しく述べてある。

昭和六十一年三月に大西民子先生の推薦により形成同人となり、本格的に短歌を勉強するようになった。

昭和六十二年に妻を亡くしたのを機に、七十三歳で第二の職場を辞めてからは、短歌は趣味としての私の生甲斐でもあった。形成解散後は、平成六年一月から波涛に所属して精進を続けている。

この度傘寿を迎えたのを記念してこの歌集を取りまとめたものである。

平成六年十二月

関塚清蔵

追記

『あら草の歌』は平成七年に自費出版したものだが、この度文芸社の厚意により再発行することになった。

自費出版の場合、贈る人は親しい友人や知人に限定されるが、公刊されると一般の人にも読まれることになり戸惑いを感じている。

私は先の戦争で兄弟、戦友、同僚、学友の多くを亡くしている。私自身も二度も出征したが、幸いにも生きて還ることができた。

その時私は、若い命を捧げたこれらの人達の分まで永生きして働かねばならないと心に誓った。

そして戦後の混乱期を経て、農業の試験研究と言う地味な仕事に精進を続けた。

定年退職後は、生まれ故郷に還り田園生活をしながら歌を詠むようになった。

昨年の暮れには米寿を迎え、感慨無量のものがある。そして戦争の無い平和な国に生きる喜びをしみじみと感じている。

今回の出版が米寿の記念になることを心から感謝している。

平成十四年一月　　関塚清蔵

第一章

大陸の戦野

（昭和十六年〜十七年）

私は昭和十六年の八月に基兵団歩兵第六十六聯隊第二大隊第五中隊に、歩兵軍曹として召集され大陸に渡った。

基兵団は宇都宮で編成された師団で、栃木、茨城、群馬の三県の出身者が主体の部隊であった。私達のこの部隊は先ず満州に渡り、南満州の錦州の警備についたが、九月には南支那の広東省恵陽県に移駐した。

私達の大隊は、十月には恵陽付近の作戦に参加し、十二月には太平洋戦争の勃発により深圳に移駐し香港攻略戦に参加した。香港攻略後は深圳の警備についた。

昭和十七年五月には従源作戦に参加し、廣九鉄道沿線の敵を掃討しながら北上し、広州に達し中山大学に駐屯した。さらに六月には広州の北方高地の作戦に参加し、大金山の山中の敵を追撃して進み太平場に達し、ここの警備についた。

七月には広州から出発して、珠江デルタ地帯の作戦に参加した。十一月に現役から引続き召集された私達長期勤務の兵と下士官は、内地帰還の命令を受け十二月に宇都宮に還り召集解除となった。基兵団はさらにニューギニア戦線に転戦した。

ここに記した戦野の詩は、これらの中国大陸における第一線部隊に従軍中に詠んだものである。

当時の私は、中隊の指揮班の命令受領下士官で、大隊本部からの命令や会報を中隊に伝達するのが任務であった。作戦中は大隊本部と行動を共にし、常に伝令兵一名を連れて行動した。

私はそれまで、他人の歌を読むことはあっても、自分で歌を詠むことはなかった。ところが戦地に来て、明日の命も分からないような状態の中にいると、わが身で感じた貴重な体験を書き残しておきたいと思い、その手段として短歌が最も適当ではないかと考えた。

そこで作戦中も肌身離さず持ち歩いていた小さな手帳に、戦地で折々に感じたことを歌にして書き残した。幸いなことに、当時の上官であった杉山大隊長が、現役の将校には珍しく、部下の私達が作る短歌に理解を示してくれた。そして入選歌をガリ版刷りにして部隊内に配ったり、入選者には賞品として戦利品の英国製の煙草を出してくれたりした。

ここに集録された私の短歌は、このような状況の下で詠まれたものである。

大陸へ出征

大陸の曠野の道を行く部隊装備は重く黙々と歩む

南満の埃の道を行く部隊足を引きずる新兵多し

陽の沈む地平線の彼方まで高粱畑は連なりて見ゆ

垣間見し異国の民の暮し様一つ一つが新鮮に見ゆ

行く先を知らざるままの兵乗せて船は静かに港を出でぬ

南支那へ転戦

輸送船の着きし港は南支にて流るる汗は戎衣を濡らしぬ

焼け残る壁には赤き抗日の文字鮮やかに東洋の鬼

白壁に抗日文字は激しくもかたへに赤き仏桑華咲く

えんどうも菜種も咲きて麦さへも穂孕みて見ゆ南支の冬は

夕映えの異国の山は美しく陣地の歩哨しばし動かず

対峙せる敵地の村は夜も更けて灯火の点滅怪しげに見ゆ

月光に龍舌蘭の尖り葉の鋭く迫る巡察の宵

望郷の詩の書かれし祠あり追われし民の嘆きを見たり

荷運びに狩り出されたる苦力《クーリー》たち故郷の母にも似たる顔あり

平地圩の戦闘

戦ひの無事を祈りて腹に巻く千人針に母を偲びぬ

稲の穂を薙ぎ倒しつつ迫りくる機銃の弾に頭上らず

機銃弾飛びくる中を腹這ひて友軍陣地に辿り着きたり

間近にて炸裂したる砲弾は泥田の故に命拾ひす

銃火浴び稲田の中に腹這ひて水筒の水を部下と分け合ふ

陣地より身を乗り出せし敵将を稲穂かき分け垣間見たりき

初めての戦闘故に興奮と恐怖の中にわれを忘れをり

夜明けより日没までの戦闘は弾雨の中を無我夢中なり

戦死せる戦友《とも》を担ひて屯営に還る兵らは唯黙々と

戦友《とも》を焼く炎は高く空に舞ふ御霊よ故国《くに》へ還れと祈る

戦闘は惨《むご》きものなり殺さずば殺されるもの恐ろしきかな

討伐で襲ひし村は人影無く不気味な程に静まりてあり

抗日の教本積みて校舎を焼く命令なれば詮方もなし

香港と深圳

香港の空に轟く砲声も止めばたちまち難民の群

兵舎裏に残飯を乞ふ子らの列香港島に戦火は止めど

老いもおり幼な子もいる難民は埃の道を黙々と行く

囚《とら》はれて土方作業の英兵はうつろなる目でわが車見ぬ

共産匪の若者達は繋がれて胸張りながら刑場に消ゆ

国境の小川の橋の検問所夜は蛙の声に包まる

五月余の警備につきし国境の想ひ出の町を今日は去り行く

従源作戦

煙噴く屋根に登りて水かける老婆の姿戦火は惨し

拳銃を構へて入りし陋屋に癩病む人を見つけたじろぐ

閉されし部屋の中よりすすり泣く声の聞ゆる民屋ありき

敵追ひて入りし村の露地裏に子らの足跡痛く目にしむ

追撃の合間に食みし茘枝《ライチー》の実《み》楊貴妃の故事を思ひ起せり

爆音と機銃の掃射轟きて見上ぐる翼に日の丸嬉し

塹壕の敵の遺体の側に伏し雨降る山に一夜明かせり

戦死者の遺体と過ごす夜もすがら雨降りしきる壕を守りて

壕に伏す遺体の中に手首なきは友軍なりと知りて拝みぬ

戦死せる日本兵の服は剥ぎとられ現地の民の貧しさを知る

第二章

戦争の回想

（昭和六十年〜六十三年）

私の歌作りは昭和十六年に中国大陸に出征し、昭和十七年までに戦地で詠んだ時期以後は全く途絶えてしまった。

昭和十七年に内地に帰還し、召集解除後は元の職場の農林省農事試験場に復帰し食糧増産の研究に従事した。昭和十九年五月に再び召集され、米軍潜水艦の跳梁する海を渡り、南方戦線に赴き主としてスマトラ島に駐留し、南方軍貨物廠の現地自活担当の曹長として、自活農場の経営や食糧の収集に従事した。

昭和二十年八月の終戦以後は進駐してきた英軍に抑留され、現地に残留し、インドネシアの独立戦争の巻き添えを受けるなどの苦難の時期を過ごした。さらにシンガポールでは三ヶ月間俘虜としての労役に服し、二十二年二月に内地に帰還した。

復員後は元の職場である農林省の試験研究機関に戻り、四つの試験研究機関を経て、昭和四十九年十二月に満六十歳で定年退職をした。さらに昭和五十年一月からカネコ種苗株式会社に勤めた。

その後齢《よわい》七十になった昭和六十年頃になって、老後の生き甲斐に歌を詠んでみたいという気持が徐々に湧いてきた。その時真先に頭に浮かんだのは、私の貴重な戦争体験を、回想という形でもよいから歌にして書き残そうと考えたことである。ここではそれらの戦争体験を回想した歌が集録されている。

大陸の戦野を偲ぶ

大陸の戦野にありて歌詠むを兵に許せし隊長ありき（杉山大隊長）

弾雨飛ぶ稲田の中を這ひずりし大陸の邑は今や如何にと

燃え盛りはじける焚火見つめつつ戦野で焼きし戦友《とも》を偲びぬ

寝苦しき夜の悪夢は戦場を独りさ迷ひ隊追ひしわれ

四拾年過ぎたる今も戦場を独りさ迷ふ悪夢に怯ゆ

四拾年経ちたる今も戦場の夢に怯えて夜半に目覚めぬ

朝まだき猟解禁の銃声に敵襲受けし戦野を偲ぶ

敵追ひて入りし村で茘枝を食みし遥か華南の戦野

ドラム缶の風呂より見上ぐ星空も今は懐かし遥かなる戦野

若き日に戦野で詠みしわが歌は拙なくあれど真実の詩

二度目の出征は南の島

還らじと桐の紫匂ふ朝われ征きし日を今も忘れず

二度征きしわれを黙して見送りし母の胸中今にして知る

僚船は火達磨となりて沈みたり南海の夜戦眼裏《まなうら》に浮ぶ（火焼島沖海戦）

艦載機群がり襲ふ空の舞椰子の樹陰より垣間見たりき（パレンバン）

一通のはがきとて来ぬ二年半南の島に征きしを忘れじ

熱帯の密林拓き自活せし遥かな戦野夢に甦る

熱帯の密林に聞きし遠吠の虎の声さへ今は懐かし

食求め鰐棲む川を渡りしは南の島の密林の中（ムシ川上流アイルイタム）

斬り込みの演習せしは南の島敵の上陸迫ると聞きて

戦地にて三度迎へし正月は椰子の樹茂る熱き南国

シンガポールの抑留

木の芽浮く薄粥すすり故国《くに》想ふ元旦ありき南の島

炎天に鍬を振ひて南国の俘囚の頃の労役を偲ぶ

ゴム林の俘虜の幕舎は体を折りリュック枕の雑魚寝なりき

ゴムの木の新芽を摘みて粥に混ぜ飢ゑに耐へしは南国の島

捕虜われに一枚のナンを恵みしはマライの貧しき労務者なりき

石を投げ罵声浴せる現地人敗戦われら惨めに生きし

俘虜の身で飢ゑに耐へしは夢なりや飽食の世にわれは忘れじ

復員、帰国

老朽の復員船は遅遅として南の海より故国に還る（朝嵐丸）

夏服にリュック一つの上陸に佐世保港の雪に震へぬ

故郷の山に向ひて涙せし復員の日を今も忘れず

戦場の思ひ出秘めし千人針征きし形見に子孫に残さむ

聖戦と疑ひももたず戦ひし老兵今は臍をかむのみ

二度征きて二度還りたるこの命あだおろそかになすべきならず

若き日に征きたる国の思ひ出は苦《にが》く苦《くる》しきことのみ多し

軍靴にて踏みし異国の邑や街思ひ出す度に心が疼く

戦死せる弟の墓は雨に濡れ二十二の顔写るがごとし（北支で戦死の弟吉蔵を偲ぶ）

戦死せる弟の墓にぬかづけば瞼に浮ぶ二十二の顔

年若き院居士号の墓あれど戦死の人と知るは少なし

バナナの木を背にして並び写りゐる戦友は南の島より還らず
（ニューギニアで戦死した横山正雄君を偲ぶ）

戦友の墓は町にはあれど悲しきは遺骨は今も南海に眠る

還らざる戦友を数へて老独り黙祷捧ぐ終戦記念日

命のまま征きて乗りたる輸送船北に南に十隻を数ふ

軍服を作業衣として働きし戦後は遥か思ひ出のなか

青春を戦野に埋めしわれなれば子らも孫らも征かせはしない

ささやかなわが戦記なれど戦死せる兄弟や友への鎮魂歌となれ

（私の戦争体験記『遥かなる戦野』）

哲学を学びし義兄はビルマにてイラワジ川の会戦に果てり

（戦死せる義兄野崎正彦を偲ぶ）

新兵で輸送船ごと沈みたる友は職場の同期生なりき

（戦死せる一高、東大出の横山正市君を悼む）

比島にて戦死の友は職場にて同期の親しき学究の徒　（東大出の山田正徳君を悼む）

第三章

あら草の詩

（昭和六十年〜六十三年）

私は齢七十になった昭和六十年頃から感ずるところがあって短歌を詠み始めた。

翌年の昭和六十一年三月に歌人の大西民子先生の推薦により形成同人となり、本格的に歌の勉強をするようになった。しかし文学的な素養の無い私には、納得できるような歌が直ぐに詠めるものではなかった。

昭和六十年から六十三年までの三年間の私の歌は、路傍の雑草のようなものだと自らも許している。しかし私としては歌作りの初期のものとして、敢えて「あら草の詩」としてこの時期の歌を集録した。

この時期は私にとっても忘れることのできないものであった。昭和六十二年五月に妻の貞子が、癌で入院し、闘病半年後の十一月一日に亡くなった。この時期は私にとっては病妻の看病に明け暮れした時期でもあった。

そして妻が亡くなってからは、独り暮らしの生活となり、勤めの方も辞めて歌作りに執念を燃やしたい気持ちになってきた。

冬の日

夕映えの赤城嶺を背に老農は麦踏みながら影落し行く

剣山を敷きたるごとき桑畑の広がる彼方赤城聳ゆる

冬木立結びて垂れし烏瓜夕映えの中に赤く連なる

霜枯れて年を越したる柘榴の実木枯しに揺れてかさこそと鳴る

防寒の藁に囲まれえんどうは凍土の中に春を待ちわぶ

白菜を結び終れば黄昏れて木枯し寒く肌をつきさす

鳥のため残せし果実無くなりて蔕《へた》のみ残る暮の柿の木

茜色に千切れ雲飛ぶ目路遥か男体山は残照に映ゆ

年明けの小川の淵の昼下り薄氷の帯が岸を離れゆく

冬の陽の透きてさし込む楢林落葉に埋もれ春蘭も見ゆ

いくばくの生命と知るや冬日さす田面《たづら》這ひずるいなご一匹

孫らを思ふ

僅かなる稿料なれど孫のため杉苗買ひて狭間田に植う

狭間田に等間隔に穴を掘り杉苗植えて根元踏み締む

中一の孫の訪れ疎くなり老の身われに寂しさの増す

風邪に伏す孫達の来ぬ元旦は寂しくもまた静かに過ぎぬ

孫の声聞きたくなりて呼び出せば受話器取り合ふ声の聞ゆる

頼まれし原稿なれど自信なく書きたる後も悔い残る日々

隠れたる切支丹らの祈り秘め庚申様の十字の剣

春の日

打起こす土くれの中に動めきて小さな蛙傷つかず出ず

花びらの連なりて流るる川岸の遥かな森に山桜見ゆ

里山の春蘭採りて庭に植う木漏れ陽のさす場所を選びて

渡良瀬の堤彩る菜の花は霞の中に浮き出でて見ゆ

名も知らぬ鳥の囀《さへづ》り聞きながら草刈る老いの今日の始まり

わが庭で巣立ちゆきたる雉子鳩の鳴く声聞きて今朝も目覚めぬ

かたくなに除草剤を拒みて朝露にぬれし土手の草を刈りゆく

葦切《よしきり》の鳴く声寂し葦原は鉱害を呪ひて亡びたる村（旧谷中村）

晩春の霜害厳し梅すもも新芽も花も無惨に枯れぬ

霜害は天災なりと思へども今年の実りの無きが悲しき

落葉分け萌黄の尖り葉のぞかせて季節たがはず筍は出づ

孫と掘る筍とりは楽しけり孫が見つけて老いが掘りとる

芝草に混りて生えし雑草をひねもす引きぬ老いの一日

五月雨

裏の田の田植終ればたちまちに蛙は群れて夜もすがら鳴く

雲低き梅雨の中にも唐黍の穂は高々と天空に伸ぶ

梅雨深くそぼ降る朝にはまゆふの真白き花の咲きてさやけし

雲低き梅雨の合間に幾千の蟻の行列忙しげに行く

梅雨時の寒き朝《あした》はみちのくのやませの害の少なかれと祈る

さみだれに降りこめられて窓越しに紫陽花の藍を飽かず眺めゐつ

緑増す芝生の中に二つ三つぬき出でて咲くねぢ花の見ゆ

草ひく手休めて見つむ揚羽蝶五月の風に戯れゐるを

麦秋の東路行けば田の青と麦畑の黄が織りなして見ゆ

草刈りて露《あら》はになれる小鳥の巣に二つの卵陽に白く映ゆ

麦の穂を手で扱《こ》き落し掌《てのひら》で稔り確め刈入れを待つ

夏の日

梅雨明けて揚げ羽飛び交ふ庭先に紫陽花の藍が色褪せて見ゆ

夏来ればわが耳鳴りは蝉の音と区別はつかず老いは寂しき

幼な日に沢蟹とりし沢はなく拓かれし道が風情なく伸ぶ

狭間田の隅に生《お》ひたる一群の蕨を残し来る春を待つ

子雀は二羽つれだちて水鉢の中に羽搏きて水しぶきあぐ

樹に熟れしプラムを噛めば皮薄く中身は赤く甘き汁満つ

荒畑を唐鍬振ひて打起こし肩の痛みは朝に残れり

細枝をくはへて運ぶきじ鳩の巣造りを見る朝楽《あしたたの》しも

入道雲湧き昇る空に背を向けて案山子は独り稲田に立てり

墾かれし処女地なれば茄子トマト実り豊かな夏を迎へぬ

この夏を病むこともなく過しけり朝餉の汁に茗荷花浮く

秋の日

鉱害に滅びし村の寺跡に曼珠沙華の赤き花満てり（旧谷中村）

木犀の花咲き匂ふ傍らに木瓜の実の黄が古りて寂しく

霧晴れて白き花満つ蕎麦畑に老農独り草引くが見ゆ

冬近く八つ手の花に蜜求め飛び交ふ蜂は忙しげに見ゆ

栗のいが集めて焚きし残り火に栗の実焼きて逝く秋を食む

楢の木に絡まりて垂る烏瓜くれなゐ古りて木枯しに揺る

黄枯れ増す松食虫にかかる松伝染恐れ惜しみつつ切る

苔むせる庭の築山に漏れ陽さし石蕗の黄が冴えて輝く

胡麻入りの南部せんべい噛みしめてみちのくの友の温もり偲ぶ

背すぢ伸ばし歩幅確かなわが歩み歩兵の頃にたたきこまれし

弥生土器の破片に残る籾痕に日本の稲の原種を探る

インド、ネパールの旅

牛追ひて田を鋤く民を今に見るインドの村に昔を見付く

ガヤの街の雑踏の中を悠々と白牛の車が鈴鳴らし行く

ガンジスの聖なる川に禊《みそぎ》してヒンズーの民は敬虔に祈る

釈尊の悟りを開きしブッダガヤ菩提樹の下の宝座を拝す

象の背に揺られて登る古城には銀に輝やく王の部屋あり（アンベール城）

ネパールの村の童の眼は澄みてあどけなき顔に白き歯こぼる

機上より仰ぎ見たりしエベレスト神々しさに老《を》いは拝《ろが》む

世界一の聖なる山を仰ぎ見つ感極まりて老いは涙す

妻の入院、逝去

今朝とりし菜を刻みたる味噌汁を独りすすりて病む妻を思ふ

厨辺の紫陽花の藍咲くも見ず入院の妻は夏を越したり

病棟の窓より眺むる季の移り寝たきりの妻は知るよしもなし

妻病みて三月となれば独り居の糠味噌臭き手にも馴染みぬ

入院も三月となりて病む妻は訪ねる度に帰りたしといふ

妻病みて四月となれば独り居の炊事洗濯手際よくなる

点滴で命をつなぐ病妻は癌末期なる苦痛に耐へつ

病妻は寝返りも打てず床ずれの腰の痛みをしきりに告げぬ

レントゲンの映像見つつ医師は告ぐ妻の肺癌末期の様を

四拾年連れ添ひし妻癌で逝く思ひ出だけを多く残して

ナース等は妻の亡骸《なきがら》を拭き清め化粧までしてわれに会はせり

亡き妻を偲ぶ

不揃ひの手造り団子を供へつつ妻の墓前に息災を告ぐ

亡き妻の貼りし障子を懐かしみ張り替へもせず年を越したり

亡き妻の生れし川と蔵の街孫と歩きて語り聞かせぬ（栃木市）

子も孫も来ぬ休日の空しさに妻の遺影に語りかけたり

子と孫の全員連れての墓参り亡妻《つま》の感涙見ゆるがごとし

亡き妻の位牌を拝む孫娘その横顔が妻似てきぬ

亡き妻の料理のメモを手にとりて厨に立てば心安らぐ

この夏もわが家の梅実《うめ》を暑き日に紫蘇つみて漬け亡妻を偲びぬ

冬陽差す茶の間に座してふだん着の綻び縫ひつ亡妻想ふ老い

梅雨空に閉じ込められて老い独り黙深くをれば亡妻の顕ちくる

亡き妻の愛用の琴は床の間に奏でる女もなく鎮もりてあり

女にて年若ければ貴方より長生きすると言ひてをりしが

歯科医師の免許を持てる妻なりしが専業主婦で一生を終へぬ

孫達をこよなく愛し趣味に生きなべて控へ目の妻でありしが

第四章

田園の詩

（平成元年～二年）

私は農林省の試験研究機関を退官してから生まれ故郷である栃木県藤岡町に移り住んだ。この町は明治時代に町制が施かれた古い町だが、平成になった現在も昔のままの静かな田園の町である。

これは町の中央部に三千三百ヘクタールの広大な渡良瀬遊水池があり、地形的に川や低湿地が多く、起伏も多いために人口が集中できないような状態によるものと思われる。この遊水池の中には、わが国の公害の原点として知られている、足尾銅山の鉱毒事件で廃村となった旧谷中村の遺跡がある。ここは明治の義人田中正造翁の活躍の舞台となったところでもある。

私の住居は町の中心部に近いが、周囲には水田や畑があり、雑木林や竹林なども見られる全くの田園地帯である。屋敷は庭畑を含めると三百坪余りで、家の周囲には好きな樹木を植え、生垣で囲んでいる。庭畑には杏、梅、プラム、柿、栗、桃、ぶどう、リンゴ、キウイ、ポポウ、桜桃などを植えて、毎年収穫が楽しめる。また野菜も毎年二十種類以上も育てており、常に新鮮な野菜が食べられる。

これらの庭木の手入れや庭畑の果樹や野菜作りが、私の老後の楽しみである。また家の裏には蓮花川と呼ばれている小川があり、鮒、鯉、はやなどの釣りも時々楽しんでいる。

この小川は宝永七年（一七一〇）に、古河藩が上流の「ふいご湖」を干拓して新田を開発するために掘った水路である。

私は七十歳を過ぎた今でも、健康のために一日四乃至五キロメートルの散歩を実行している。散歩のコースは大きく分けると二つある。一つは私の家から三百メートルのところに渡良瀬川が流れており、この川の河川敷の中の小径は、舗装されていない河原道で、すすきやよし原の中を川沿いに歩ける格好の散歩道である。この径は車は勿論人も殆ど通らないので、散歩をするには快適である。

ここからは東には筑波山、南西に富士山、西には赤城山や浅間山、北には男体山の山々が眺められ、四季折々の風情が楽しめる。晩春から初夏にかけて、この河原道は葦切の声に包まれ散歩が一層楽しくなる。

青春時代を軍隊や戦地で過ごした私には、この平和な時代に自然に親しむことが出来る喜びを感じさせてくれる一時でもある。

もう一つのコースは私の家から西へ向かうコースである。私の住んでいる小さな集落のある丘を西に向かって行くと広い水田がある。この水田は父が生前土地改良組合の理事長をしていた時に、低湿地を排水、改良して造成した大型水田である。この水田の田圃道をさらに西に向かって行くと楢や櫟等の雑木林がある。

この林の中の小径を行くと、山鳩や尾長、時には小綬鶏などに出会うことがあるが、人に会うことは殆どない。この林の中を通り抜けて再び田圃道を行き、さらに小川に沿った畦道を帰ってくると三乃至四キロメートルの行程となる。

このコースも四季折々の楽しみが多い。小川には鮒やはやなども見られ、川岸には川蝉やせきれい、白鷺などの美しい姿も見られる。附近の水田の溝には、春になると小鮒やめだか、おたまじゃくしなどが泳いでおり、夏には小川の水面にかいつむりが潜ったり浮かんだりする姿が見られる。冬になると鴨の番が仲良く餌を漁っているのも見られて楽しい。

このコースで見られる路傍の野草の花は、早春から晩春まで絶えることがない。春になると楢林の中には、落葉の中に春蘭の地味な花がのぞいている。畦道には犬のふぐりやたんぽぽ、仏の座なども咲き始める。

立春の頃になると土手の陽溜りに蕗の薹が顔を出す。散歩の途中で数個の薹を見つけて持ち帰り、夕餉の汁に入れたり、焼味噌にしたりして一足先に春の香を楽しむことができる。

三月から五月頃までは、山菜が楽しめる時期である。散歩道のどの辺に芹があり、たらの木や山うどが生えているかは手にとるように分かっている。そこで散歩の途中で芹やたらの新芽を摘んできて、早速天ぷらに揚げて夕食を豊かにしている。

山うどの若い茎を、皮をむいて生味噌をつけて食べながらビールを飲むのも楽しい。また山うどの若い葉は天ぷらに揚げるとくせがなくて美味だ。

夏になると野かんぞう、やぶかんぞう、虎の尾、ひめじおんなどが群をなして咲いているのが見られる。烏瓜も散歩道のあちこちで見られるが、白い美しい花は夜でないと見られない。水田の溝には黄しょうぶや未草の花なども眺められる。

秋になって黄金色に豊かに実った稲田の中を歩くのも楽しい。田の畦に真っ赤な曼珠沙華の群落が見られるところがある。広い稲田のあちこちで蝗をとる人達も見られ、昔ながらの風情も懐かしい。稲の刈取りが終わり、裏作の麦播きの頃となると、広い水田の周辺の里山の紅葉が美しく、散歩が一層楽しくなる。

冬枯れの雑木林の中の小径を厚く積もった落ち葉を踏みながら歩くのも楽しい。冬は空《から》っ風と呼ばれる木枯らしの吹く季節でもある。渡良瀬川の河原道を、枯れた葦の白い穂が西風で揺らぐ中を、川上に向かって風に逆らって進むと、遥か前方に赤城山が望まれる。白一色に雪に覆われた散歩道も異なった風情があって美しい。

私の散歩の楽しみは、自然に親しむことの他にも、途中で出会う土地の人達と挨拶を交わしたり立ち話をしたりして、人との触れ合いが出来ることにもある。

特に田圃道では顔見知りの人が多いので、稲や麦の作柄を話したり、世間話をしたりするのが楽しみである。

私の独り暮らしの田園生活も、このように四季折々の自然を楽しみながら続いている。このような生活の中で歌が詠めるのは幸せである。

この章は、このような田園生活の中で詠んだ歌を取りまとめたものである。

春の部

散歩路の土手で摘みたる蕗の薹《たう》夕餉の汁は春の香に満つ

土手下の陽溜りのなかに蕗の薹黒土もたげ膨らむが見ゆ

水温む小川の川面横切りて鶺鴒の番《つがひ》が軽やかに飛ぶ

水温む小川の淵に餌を漁る白鷺の番も春を待つらし

水温む小川の水面かすめつつかはせみの瑠璃が矢のごとく飛ぶ

新芽萌ゆ栖の林は柔らかき褥《しとね》のごとく春の陽に照る

田の溝の水も温みてめだからの遊ぶを見つつしばし佇む

春萌えの栖の林の奥深く人知れず咲く山桜を愛《め》づ

田の溝に田にしは這ふて前衛の書体のごとき跡を残せり

春雪の消えし狭間の麦畑は緑鮮やかに甦りたり

蕗味噌に二合の酒を酌みながら老いはほのかな春の香に酔ふ

水温む田溝の面にめだかからの浮きては泳ぐ仲春の昼

田の溝の水もぬるみてめだか等の泳ぐ波紋の小さきが見ゆ

春風に誘われ出でし河原道柳絮も舞ひて雲雀さへづる

渡良瀬の岸辺に咲ける菜の花は芽ぶく柳と色を競へり

出穂揃ふ麦の畑は波打てる渚のごとく春風に揺る

鶯の声を間近に聞きながら草引く老いの日課終れり

萌黄色の尖り葉のぞく筍を掘りとりて持てば太く重たし

麦畑の出穂もそよがぬ夕凪に鯉のぼりも萎《しぼ》む残照のなか

萌黄色の八つ手の若葉陽に照りて下には古葉が落ちてたまれり

葱畑の株間に生えし佛の座可憐な花を惜しみつつ引く

風紋の痕美しき砂原に睦み合ひたる鳥の足跡

晩霜の害をも受けぬ今年の梅小さき果実日毎ふくらむ

朝々に果のふくらむを眺めつつ梅と杏の樹下に佇む

夏の部

田植終へし青田を見れば南部路の馬の行列目に浮かびくる

釣りし鮒池に放てば梅雨空にしきりに跳ぬる音を響かす

早苗伸びし青き田面に餌を漁る白鷺の親子白く浮き立つ

みちのくの早池峰山のうすゆき草霧深き尾根に今年も咲けるや

山裾の小池《おぬ》の水面《みずも》に野いばらの五弁の花の白く浮べり

みちのくの山より採りし白樺はわが庭隅に白き肌見す

麦熟れし田の溝に咲く一群の菖蒲は瑞々しき黄の花保つ

この夏も庭畑に遊ぶ小綬鶏に出会ひて老の顔は綻ぶ

この夏を涼しく過ごす手だてとて網戸を洗ひ窓を清めぬ

電線を揺り動かして戯《たはむ》るる雀らも見ゆ梅雨の合ひ間に

梅雨に入る庭の茂みにどくだみの白き十字の花の咲く見ゆ

会津なる山峡の里で食みし蕎麦色黒くして歯ごたへありき

ひまわりとコスモスの花が並び咲く異常気象の夏の終りに

秋の部

刈り終へし稲田の藁を焼く夕べ野末に沈む陽も赤く燃ゆ

山裾の畦道に咲く彼岸花見る人無きに赤々と燃ゆ

実りゆく広き稲田に雀追ふ爆音響き案山子動かず

刈り終へし広き田圃の片隅に用無し案山子は動かずに立つ

赤々と竿燈のごとき柿の実は青空高く夕陽に映ゆる

庭隅の松の木陰にひそやかに石蕗の咲く妻の命日

庭隅にひつそりと咲く石蕗の花を見つめつ亡き妻想ふ

枸杞の実はルビーのごとく美しく手にとり食めばほろ苦き味

紫に唇染めつつ桑の実を食みしは遥か大正なりき

塀越しに垂れし柘榴の果は割れてルビーのごとき赤き実の見ゆ

今朝採りし渋柿剥きて吊したり冬の夜長に孫と食みたし

庭畑の柿の実赤く陽に照りて枝動かせる尾長らも見ゆ

路面打つ雨脚はげし帰り道傘の重みに老いを感じぬ

冬の部

根を深め葉を伏せながら麦草は木枯らしに耐へて春を待つらし

夕焼空背にして聳ゆる欅の樹墨絵のごとく浮かび出て見ゆ

霜枯れし烏瓜の実は連なりて木枯らし吹けばカラカラと鳴る

木枯らしに白蓮の葉は散り終へて銀色の蕾冬陽に照りぬ

鳴る雪を踏みて歩きし盛岡の凍れる街も今は懐かし

かさこそと落葉踏みゆく楢林木洩れ陽の映すわが影踏みて

初霜にひこばえの緑も消え失せて刈田に降れる時雨冷たし

葉の落ちて露はになりし蜂の巣の縞模様見ゆ冬陽を受けて

かさこそと楢の落葉を踏み行けば木洩れ陽は背《せ》に優しく注ぐ

軒下の陽溜りの雪早くとけ蕾ふくらむ福寿草見ゆ

朝日差す霜柱もたげ福寿草の丸き蕾の脹《ふく》らむが見ゆ

木枯らしに楢の落葉は舞ひ上り夕日に映えてきらきらと散る

野焼きせる堤は黒く染まれども冬萌えの若芽あちこちに見ゆ

冬陽さす畦道に咲くたんぽぽは丈低けれど黄が冴えて見ゆ

門松にせむとて伐りし若竹は切口青く水の滴《したた》る

冬の間に落葉を掻きて堆肥を積む有機農法守りぬかむと

転作の大豆は畑に放置され冬枯れしまま年を越したり

薹《たう》立ちし白菜は鳥に啄《ついば》まれいが栗頭のごとくなりたり

この冬も日毎五粁を歩きつつ風邪もひかずに春を迎へぬ

第五章

喜寿の詩

（平成二年〜三年）

私は平成二年十二月十四日の誕生日に喜寿を迎えた。考えてみるとよくもここまで辿りつけたものだと思う反面、これから先をどのように生くべきかも改めて考えてみたい心境である。私は大正二年生まれのため、大正から昭和初期の激動の中で少年期から青年期を過ごしてきた。私の育った藤岡町は、町と言っても農村地帯であり、大正時代の農村は一様に不況の中にあって貧しかったことを肌で感じてきた。

この不況の中で大正十二年九月一日に関東大震災が起こった。私の町でも家の屋根瓦や壁が落ちたりの被害があった。また東京に近いので被災者が親類、縁者を頼って大勢入り込んできた。

昭和初期は、世界各国が史上最大の恐慌の巻き込まれ、わが国も例外ではなかった。昭和十二年から二十年までは、日本全体が戦時色に塗りつぶされ、厳しい統制下におかれていた。戦争は満州事変から日中戦争へ、さらに太平洋戦争へと拡大し長期化していった。

このような状況の中で、私は昭和十三年三月に九州帝国大学農学部を卒業し、農林省農事試験場に勤めることになった。しかし翌十四年には宇都宮部隊に入隊して軍務につくことになった。

その後昭和十六年八月に動員により基兵団に編入され、大陸に渡り満州から南支戦線に移動し、幾つかの作戦に参加した。昭和十七年十二月に内地帰還、召集解除となり元の職場に復帰した。

しかし昭和十九年五月に再び召集され、スマトラ島に渡り、第七方面軍の野戦貨物廠に勤務し、終戦を現地で迎え、戦後の混乱期と抑留生活を体験し、二十二年二月にようやく内地に帰還することができた。そして元の職場である農林省の試験研究機関に復帰した。戦後の混乱期は農林省農事改良実験所岡山試験地主任として岡山で六年、農林省中国四国農業試験場麦類育種研究室長として姫路に二年を過ごした。

その後は農林省関東東山農業試験場の牧草育種研究室長として西那須野に九年、農林省東北農業試験場研究部長として盛岡で十一年を過ごし、昭和四十九年十二月に定年で退職し、郷里である栃木県藤岡町に移り住んだ。

私の農林省の研究機関における仕事の主なものは、地味な作物の品種改良であった。私が育成した小麦の品種では、シラサギコムギが毎年二万ヘクタール以上、アカツキコムギが一万ヘクタール、中国、四国地方に普及した。

またハダカムギの品種では、セトハダカ、ハシリハダカがそれぞれ一万ヘクタール以上普及した。特にセトハダカは韓国で水田裏作に十二万ヘクタールも作られ食糧増産に貢献した。これらの功績により農林水産大臣賞や会長賞を受賞することができた。

牧草の品種改良では、イタリアンライグライスのワセヒカリ、オオバヒカリの新品種を育成し、普及させた。これはわが国で初めて育成された牧草の新品種である。これらの業績により日本草地学会賞を受賞した。

昭和五十年一月からは第二の職場であるカネコ種苗に勤め、技術顧問、取締役として十二年を過ごした。

カネコ種苗における仕事では、栽培ひえから飼料用のグリーンミレットの新品種を開発し普及させた。またアメリカのデカルブ社より輸入したデントコーンの品種を国内向けに選定し、ゴールドデントとして国内各地方に普及させた。

昭和五十年から六十二年までは、日本中国農業農民交流協会の専門委員を務め、中国農学会の招きで農業技術交流の目的で二回に亘って中国各地を訪問した。

特に昭和五十三年八月に訪中の折には、北京の人民大会堂で王震副総理と私たち訪中団と会談したが、稲作技術交流について次のような提案がなされた。

それは「中国の吉林省の公主嶺に十ヘクタールの水稲試験場を作り、日本の東北各県から十名の稲作関係の技術者を招いて、二年間指導を受けたい」というものであった。

私は団員の中でたった一人の農水省出身のＯＢで、しかも東北各地の事情に明るかったので、帰国後栗原団長（参議院議員）に同行して農水省を訪れ、中国側の提案を伝え、実現を要請した。

その後この技術交流計画は具体化し、昭和五十四年三月から二年間、東北六県の農業試験場の技術者を中心にした十名の日本チームが、吉林省公主嶺の試験場で、日本式寒冷地稲作栽培の実証を行うことになった。

このチームに選ばれた人達は私が推薦した人が多く、団長は寒冷地稲作の権威である元青森県農業試験場長の田中稔さん、団員はササニシキの育成者である元宮城県農業試験場の末永喜三さん、山形県農業試験場の大沼済さん、何れも私の古くからの友人達であった。

この日本式稲作は、日本の品種を使って、ハウス内の箱育苗、日本製田植機で移植し、コンバインやバインダーで刈取る方式であった。

公主嶺は北緯四十三度に位置し、北海道の網走に相当する寒冷地であるが、技術者達の献身的な努力によって、十アール当たり六百四十キロという素晴らしい成果を上げることができた。

これは吉林省の稲作の平均収量が十アール当たり二百キロに比べると驚異的な記録である。この日本式稲作技術は、その後中国の東北地方を中心に急速に普及し、農民から感謝されている。私もこの技術交流計画の一端を担うことができたのは幸いであった。

昭和五十二年から五十五年までは、農水省委託の種苗特性分類調査委員を務め、稲、麦、飼料作物部門を担当した。

昭和五十八年から六十一年までは、農水省の「農林水産業、食品産業等のバイオテクノロジー先端技術事業」の委員も務めることができた。

昭和六十二年八月に妻貞子が癌で入院したのを機会に、カネコ種苗の職を退き、また前記の各委員も辞め妻の看病に専念することにした。

昭和六十二年十一月一日に、妻貞子が死去してからは独り暮らしとなり、趣味で郷土史の研究をしたり、短歌の勉強をしたり、家庭菜園で果樹や野菜を育てたり、庭木の手入れをしたりしながら悠々自適の田園生活を送っている。

このような生活の中で、喜寿を迎えることができたのは幸いであり、今後もこのような生活を続けたいと願っていた。ところが喜寿の年は私にとって大きな転機でもあった。

平成三年七月より体調を崩し、九月から一ヶ月余に亘り入院し、前立腺の摘出手術を受け、治癒して退院できたが、十二月に入って再入院し、直腸のポリープの摘出手術を受けた。

私にとって入院は五十二年振りのことで、軍隊にいた二十五歳の時に、虫垂炎の手術を受けて以来のことであった。幸い経過も順調で完全に治癒することができた。

この章は喜寿を迎えてから詠んだ歌を取りまとめたものである。

喜寿を迎ふ

二度征きて二度還りたる吾なれば喜寿を迎へて感無量なり

喜寿迎ふ朝に香を手向けつつ征きて還らぬ弟を偲ぶ

（北支で戦死した弟吉蔵を偲ぶ）

師走なる寒き夜なれば喜寿の身を柚子湯に沈め越し方思ふ

喜寿迎ふ朝は師走半ば過ぎ紅山茶花の花盛りなり

老い独り黙せるままに過ぎし日は夜は寂しく孫に電話す

殻付のピーナツ食みつ冬陽さす茶の間に座してテレビに見入る

待たれたる春休みなれど孫は来ず空しく過ぎぬ今日のひと日も

庭畑の畦切り終へて鍬を洗ふ農に生きたる祖を偲びつつ

老酒をちびりちびりと飲みながら歌作に耽る雨の一日

亡き母の肩を揉みしを偲びつつ命日の今日墓石を拭ふ

久々に孫の来る日は朝早く厨に立ちて鼻唄も出る

打粉打ち刀を磨けば美しき刃文は冴えて心鎮まる

針の穴に糸通す仕草繰返しもどかしさに耐ふ老いはわびしく

独り居の老い

厨に立つ独り居の老いを笑ふごと青蛙の眼が窓より覗く

歌一つ詠めぬ日の続く腑甲斐無さ外は新緑鳥も歌ふに

父の日に子が贈りたる甚平をまとひて今朝は厨に立ちぬ

幼子は黒土の中のじゃがいもの白きを掘りて歓声あげぬ

無農薬の手作りトマト孫と食みうましと言へば孫も頷《うなづ》く

子も孫も来ぬ休日のつれづれに庭眺めつつ歌の本読む

戦に征かざる友の歌集読み残れる者のきびしさも知る
（山田立夫君の歌集を読みて）

久々に訪ひくる戦友《とも》の懐しくうま酒くみて語り明かしぬ

鋲打てる重き軍靴に慣れし足安物靴も苦にならず履く

大半は七拾過ぎし戦友会集《つど》ふ戦友《とも》らも年毎に減る

同伴の老友多き同窓会亡妻《つま》の写真を抱きて出向きぬ

朝々に味噌汁作り飯を炊く独り居の老いのこだわりの朝餉

今朝炊きし新米の味を噛みしめつつ農に生きたる祖らを偲びぬ

椎茸の榾木《ほだぎ》は茸を育て終へ暗き樹陰に春まで眠る

独り居も四歳となればわが暮しリズムにのりて日課も定まる

湯豆腐に地酒を酌みて秋の夜の時雨の音を聞くはわびしく

暮から早春

冬陽さす刈田の隅の木の枝に速贄《はやにへ》の蝗赤く陽に照る

朝霜の未だ消えやらぬ土の面の白きを踏みて冬菜を摘みぬ

栗の毬《いが》集めて燃やす樹の下に藪蘭の実の色づくが見ゆ

朝々に庭の落葉を掻き集め堆肥に積めば暮も迫れり

朝日さす山茶花の花を啄《ついば》める小鳥らも見ゆ霜深き朝

その昔軍都と呼ばれし宇都宮老兵われに面影もなし

胡桃の樹に触れつつ思ふ兵の日の銃の床尾はこの木なりしを

木枯しの吹きすさぶ日は目路遥か赤城の嶺に千切れ雲湧く

やはらかな春陽さしこむ田の溝にめだかの群は飽かず遊べり

住む人の絶えて久しき家なれど梅の老樹は花盛りなり

麦畑も一雨のあと緑増し目覚めたるらし啓蟄の頃

蕗の薹《たう》刻みしが浮く味噌汁に春の香満つる厨辺の朝

山独活《うど》の若きを採りて味噌で食べビールを飲めば老いは極楽

転勤で暮せし土地の木を植ゑてわが家の庭は思ひ出に満つ

年毎に無精となるを戒めてワープロに挑む気分新たに

子も孫も来ぬ休日の虚しさに妻の遺影に愚痴をこぼしぬ

庭畑を耕す

旅に出たき心抑へて庭畑に春の陽浴びつつ葱の苗を植う

心地良き汗を流して庭畑の手入れを終へてビールはうまし

朝々に庭畑に出て果樹野菜育つを見るが老いの生き甲斐

庭畑に拾種に余る野菜満ち初夏の陽差しに競ひ育てり

菜種梅雨そぼ降る庭に連翹《れんげう》の黄も鮮やかな花の明るさ

この夏も散歩路に見し小綬鶏に旧知に会ひし嬉しさ覚ゆ

庭隅の鬼灯《ほほづき》火の実は未だ青く梅雨の合間に揚羽飛び交ふ

梅雨前に花合せせし瓜の実は雨の中にも太りつづくる

早苗伸びし青田の中に白鷺の長き首立つ夕映えの中

街に住む孫は来るなり庭に出て目を輝やかせて蟷螂《かまきり》と遊ぶ

生れたての蟷螂の子がよちよちと物干棹を歩きはじめぬ

厨辺に梅の実漬けし壜を並べ雨降る中に梅雨明けを待つ

大陸の戦野で見たる難民を思ひ起こさせるクルド難民

入院

入院を明日に控へて春咲きの球根類を庭隅に植う

入院の朝に眺むる百日紅花も翳りて風に揺らげり

老の身の手術気遣ふ子や孫の視線を浴びて眼頭熱し

揺れ動く気持抑へて手術室に入れば既に俎《まないた》の鯉

手術終へまどろみの間に見し夢は独りさ迷ふ戦場なりき

点滴の落つるを見つめひたすらに痛みに堪へて一夜明かせり

病室の窓よりのぞく狭き空雲の動きに季を知るのみ

病室の窓よりのぞく鰯雲とんぼも群れて飛び交ふが見ゆ

薬臭に慣れたる身には還り来しわが家の庭は樹々の香に満つ

かさこそと楢の落葉を踏む小径《こみち》病後の足も軽く弾《はず》みぬ

母を偲ぶ

寡婦にして三人の子を征かしめてわが家を守りし母は強かりき

戦死せる弟の遺骨迎へしが母の泣き顔遂に見ざりき

二度征きしわれを無言で見送りし母の胸中今にして知る

戦地にて音信絶えしわれを待ち母は銃後を如何に過せしや

焼け落ちしわが家の前に立ちつくすわれを励ます母でありしが

蒲団干し蕎麦を打ちて待つ母の許へ帰りし頃の思ひ出懐かし

何事も控へ目に生きし母なれど喜寿過ぎて思ふ芯の強さを

宮大工の技持つ友が作りたる観音像に母を偲びぬ

第六章

老いを生きる（平成四年～七年）

老人も喜寿を過ぎて傘寿に達すると愈々老境に入ったという実感がしみじみと湧いてくる。老年になって独り暮らしをしていると、社会でも家庭でも充実した生活を送った青、壮年時代が懐かしく思い出される。

しかし老人だからと言って若く華やかだった時代の感傷ばかりに浸ってはいられない。老人は過去には社会に貢献したが、今はもう何も役に立たない存在なのだろうか。

しかし老人も晩年になっても生甲斐のある人生を送りたいと願っている。老年をどのように生きるべきかは、それぞれ自分自身で考えるべきことであろう。来るべき死を意識して、人生の意味へ思いをはせてみることも大切なことであろう。

私は晩年を自分の好きな趣味を楽しみながら生きたいと願っている。幸いなことに、私は七十歳を過ぎてから短歌を詠むようになった。そこで折にふれて老いに関する歌を詠み、老いを如何に生くべきかを考えてみたいと思っている。

また私は緑に囲まれた静かな田園の中で暮らしており、庭畑に好きな野菜、果樹、花卉などを育てるのを楽しみにしている。これも傘寿過ぎても続けている私の生甲斐である。

中国の宋代の詩人陶淵明は官を辞して郷里に帰り、田園生活の中で自らも鍬をとって農耕生活をしながら、多くの優れた田園の詩を残している。私も陶淵明にあやかって、田園生活の中で歌を詠み続けたいと願っている。

この章は趣味に生きる私の晩年の歌を取りまとめたものである。

千人針

千人針紅の糸玉褪せたれど征きし形見と子らに残さむ

千人の博多の女《ひと》の縫ひくれし紅の糸玉に征きしを偲ぶ

雨漏りをバケツで受けし狭き部屋戦後のわが家は貧しくありき

軍服を作業衣として働きし戦後のわれら逞しく生きし

古箪笥に残れる帯や着物売り食糧に替へて妻喜びし

配給の粉乳飲みて育ちたる息子は四拾の働き盛り

灰色の時代に生きし老いなれば平成の世はなべて眩《まぶ》しき

ソ連の思ひ出

ウクライナを訪ねし頃は真夏にてひまわり畑は地平線に消ゆ

ロシアなる国の乙女は逞しく建築現場でクレーンを御せり

ソホーズの野外で酌みし強き酒ソ連の人も共に酔ひにき

シベリアの草原に咲く赤き百合凍土に散りし人の血に見ゆ

この度の政変あればロシアなるコルホーズの民は如何に暮すや

搾取なき国と称《たた》へし江口渙ソ連の崩壊を如何に詠むらむ

硝煙の臭ひ漂ふ戦場を彷徨ひし思ひ老いは忘れじ

故郷

定年後還り来て住む故郷に父祖の見守る安らぎ覚ゆ

四百年の長きにわたりこの里に住みたる父祖を誇りにぞ思ふ

父のなせる土地改良の記念碑は広き美田を見下して建つ

父祖の地に還り来て住む幸せを噛みしめながら畑に鍬打つ

厨辺に亡妻《つま》の顕ちくる思ひして朝餉の汁に蕗の薹を刻む

喜寿過ぎし老いにはあれど庭畑に桃の苗植ゑ実る年を待つ

手作りの無農薬野菜を料理して食む幸せを独りかみしむ

諸々の未だ芽吹かざる庭隅に独り咲き初む万作の花

杉の秀より鍬打つわれを見守れる白鷺は亡妻の化身ならずや

独り居は寂しきものよ朝々に訪ねくる鳩の声に目覚めて

草引く手を休めて眺むる蟻の列生きる営みは何処もせはし

陶潜の故事に倣ひて余生をば田園に暮し詩をも詠まむ

シンガポールの旅

英兵の怒号に耐へて荷役せしシンガポールに観光の旅

赤道の島に旅して敗戦の記憶を覚ますわれはもと虜囚

椰子の実とマンゴーの実る村に来てマライ語で話す老兵われは

敗戦で抑留されし南の島今来てみれば緑の楽園

ゴムの木の新芽を摘みて粥に混ぜ飢ゑに耐へしは南国の島

熱帯の島へ征きたるわれなれど歳には勝てず暑さは辛し

足裏のたこを撫でつつ大陸の戦野を馳せし兵の日を偲ぶ

兵よりも銃が大事と言はれしが軍隊なれば無理も通りぬ

還らざる戦友《とも》の墓前にぬかづけば別れし時の顔の顕ちくる

渡良瀬川

渡良瀬のよしの河原の散歩路は右も左もよし切の声

渡良瀬の葦の河原の岸辺には拘杞の実赤く川風に揺る

渡良瀬の河原の葦を覆ひつつ泡立草は群れてはびこる

渡良瀬の永久《とは》の葦原と思ひしに泡立草の来りはびこる

盆の日にわが家に帰りし子や孫と大き西瓜を食むは楽しき

あちこちに派手な服着て立つ案山子昔は襤褸《ぼろ》をまとひしものを

芋の葉も陸稲《おかぼ》も葉枯れて痛ましく日照続きの夏逝かむとす

出穂揃ふ稲田を渡る風そよぎ夕焼雲に秋の色見ゆ

山峡の蕎麦の花咲く里に来て手打ちのそばに舌鼓打つ

糠漬の茄子の紫に指染めて独り居の老いの朝餉始まる

刈終へし稲田に生えし孫生《ひこばえ》は早苗のごとく秋風に揺る

焚火

焚き火して焼藷食みし孫娘田舎の味を覚えて帰りぬ

焼藷の熱きを割りて湯気立つを頬ばる童の瞳輝く

焼き藷を初めて食みし孫娘焚き火のにほひも纏ひて帰りぬ

焚き火して思ふは遠き南国で焼畑作り自活せし頃

子や孫の来る日は蒲団を干して待つ亡き母がわれにしてくれしごと

車で来る子や孫達の着くまでは事故の無かれと落ち着かず待つ

幼な日の思ひ出

火鉢にて霜焼けの掌を暖めて本に対ひし幼日ありき

着物きて鞄をかけて下駄履きし学童われの大正の姿

雨の日は番傘さして高下駄を履きて通ひし学校なりき

石盤に石筆で書く手習ひも今は懐かし小学時代

大正の子らは野山でよく遊び家事の手伝ひも厭はざりしよ

小さき手でランプのほやを拭き清めし幼日の記憶今は懐かし

暗き土間で薪焚く風呂に火吹竹を煙にむせつ吹きし思ひ出

夢に見し幼き頃のわが家には馬もいなき鶏も遊ぶ

傘寿を迎ふ

傘寿の身を柚湯に沈め若き日に死線を越えし戦野を偲ぶ

激動の時代を生きて傘寿まで辿りつきしは運の強きか

また一人親しき友のみまかりて傘寿の老いの虚しさつのる

気にかかる悩みも無きに眠られぬ冬の夜長に老いの溜息

やませ吹けば稲も小豆も実らざるみちのくの民の宿命かなし

収穫の秋を迎へし稲田には実らざる穂の垂れず立ちをる

飯米も種籾さへも事欠くと冷害農家の悲痛な叫び

冷夏にて百日紅の花咲かず異常気象は花にも酷し

赤々と梅酢に漬けし新生姜初秋の宵の酒のうまさよ

老いづけば物欲薄れ見栄もなく心静かに暮したく思ふ

老兵の声

防人《さきもり》は醜《しこ》の御楯と筑紫路へわれは赤道の島に征きたり

兵われの歩みし道を地図の上に辿りて偲ぶ異国の戦野

長命の父祖らの墓にただ一人戦死の弟は余りにも若し
（戦死した弟吉蔵を偲ぶ）

同宿の職場の友は征きしまま還りしわれは負ひ目にて生く
（戦死した横山正市君を偲ぶ）

聖戦と信じて征きて修羅の地に命燃やせし青春ありき

軍隊は内地に二年戦地には四年に亘る修羅の日ありき

修羅の地で命燃やせしわれなれば今老いて知る平穏の日々

色褪せし兵の写真を眺めつつ還らぬ戦友の多きを思ふ

自治会の集ひの中でわれ独り戦歴をもつ古老となりぬ

幾度か死線を越えし戦歴を心に秘めて残生を送らむ

若かりし戦友らも老いて年毎に集へる者も減りて寂しき

戦争の生証人も減りゆけばわれは果さむ語り部の道

趣味に生きる

定年後の二度の勤めに拾余年職辞してよりは趣味が生き甲斐

縄文の石器や土器に魅せられて探し集めし品の数々

縄文の石器や土器を見つめつつ古人の生活《たつき》思ひ浮べぬ

石製の鏃《やじり》を見れば獣追ひ山野を馳せし古人偲ばる

細長く尖りし石の針見れば獣の皮を縫ひしものかと

青深き石で造りし耳飾り如何なる女《ひと》の肌を飾りしや

短大の博物館に寄託せし石器や土器は公開されり

財もなく名もなく老いて惚けもせず傘寿過ぎても歌は詠みたし

朝々に鰹節削り味噌汁を造り続ける老いのこだわり

鶯の声聞きながら庭畑に草引く老いに蝶もたはむる

足裏に萌え出る草の温もりを感じつつ歩む春の野の道

朝々に李の樹下に佇《たたず》みて授粉せし果の脹らむを確かむ

鉱害も消えて久しき渡良瀬は流れも澄みて釣人も見ゆ

渡良瀬の岸辺を歩み釣人と会話楽しむ柳絮舞ふ頃

庭畑に鍬を振へば滴れる汗は乾ける土に滲みゆく

梅雨の朝トマトの脇芽を摘み終へてペン持つ手には匂ひ残れり

残照

たまさかに童と遊ぶ老いなれば無心になれと風がささやく

童らと過す短かき刻なれば老いを忘れて童心に返る

老いづきて童と話す楽しさを悟りしわれは良寛を慕ふ

独り居の老人ばかりのバス旅行積れる欝を散らしつつゆく

孫娘盆提灯に照らされて亡妻の面影にどこか似てゐる

葦切も敦公も啼く野の道を会ふ人も無く今日も歩きぬ

ヒマラヤの高原に咲く石楠花は知る人もなくわが庭に咲く

赤道の炎暑に耐へし老兵も今年の夏の猛暑に喘ぎぬ

戦争を知らざる世代は幸ひなりわれは引きずる戦争の傷

子や孫を従ひて行く墓参り妻よ他界よりとくと眺めよ

胃の中を内視鏡にて覗く医師心の動きを知る由もなし

街路樹に桜も公孫樹も多ければ親しみ覚ゆ韓国の街

食糧も車もなべて国産の韓国の街は自信に満てり

植民の傷を引きずる人もあり侵略の罪消ゆることなし

孫がくれし中国土産の泥人形馬上豊かな関羽の勇姿

雉鶏の抱卵の姿見守りて雛の孵るを今朝も待ちわぶ

みちのくの友が送りし赤と黄のリンゴは暮の厨に薫る

霜枯れし山茶花の花を眺めつつ終の日を思ふ八十路のわれは

初午に隣人がくれししもつかれ郷土の味は温もりに満つ

隣人より老いに贈られし草餅は色鮮やかに春の香ぞする

独り居の老いに贈らる手打そば隣人の情郷土に残る

野菜果樹培ふ趣味に支へられ老後を独り田園に生く

速贄《はやにへ》の蝗の躯《むくろ》陽に照りて木枯しに揺る大寒の朝

枯芝を持ち上げて立つ霜柱朝日を浴びてきらりと輝く

またひとつ老の冬越し春に遇ふ万作も梅も咲きて燿ふ

独り居の老いの身なれば鬱多く堪へなんとして歌詠むわれは

あとがき

私達の世代は青春時代を日中戦争と太平洋戦争の最中に過ごした。従って多くの学友や職場の友人、戦友達が数多く戦地で亡くなっている。

私自身も二度の召集により日中戦争、太平洋戦争に従軍し、弟を北支戦線で、義兄をビルマ戦線で亡くしている。私の戦争に関する歌はこれらの人々を悼む鎮魂歌でもある。

これらの戦争はわが国の国民に対して大きな傷痕を残したばかりでなく、相手国の国民に対しても消すことのできない傷痕を残している。私はこれらの戦争体験をささやかな私の歌に託して詠んだもので、私達の子孫には決して体験させてはならないと願っている。また私は私自身の戦争体験から、戦争は二度と起こしてはならないと心から念願している。

私は農林省を定年で退職してから、生まれ故郷の藤岡町に移り住んだ。そして本格的に歌を詠むようになったのは七十歳を過ぎてからである。幸いなことに私の家の周辺は、昔ながらの田園地帯で、土に親しみながら晴耕雨読の真似事も楽しむことができる。

老後を四季折々の豊かな自然と、温い人情の中で暮らすことができるのは幸いである。私の歌はこのような田園の中での暮らし振りを詠んだものが多い。

この歌集を出版するに当たっては、私自身戸惑いもあったが、こんな拙い歌でも戦争を体験し、農業技術者としての務めを果たし、余生を田園に暮らす一人の老人の人生の記録として残したいと思ったからである。

この歌集の出版に当たっては平成七年自費出版をした折には『東国の万葉』の著者である椎名嘉郎氏に校正の労を煩わした。また印刷については中塚憲一氏のご協力を頂いた。今回加筆訂正を加え、文芸社から出版するに当たっては文芸社の皆様に尽力いただいた。

これらの諸氏に対して心から感謝の意を表する。

平成十四年一月

関塚清蔵

◇著者略歴

関塚清蔵（せきづか　せいぞう）　農学博士

◎大正二年十二月十四日　栃木県下都賀郡藤岡町に生まれる
◎昭和十三年三月　九州帝国大学農学部卒業後、農林省農事試験場に勤務
◎昭和十四年一月より二十二年二月までの間、六年余を軍務に従事し、中支、満州、南支、スマトラの各地を転戦し、昭和二十二年二月に復員
◎昭和二十三年三月　農林省農事改良実験所岡山試験地主任
◎昭和二十六年三月　農林省中国四国農業試験場、麦類育種研究室長
◎昭和二十九年六月　農林省関東東山農業試験場、牧草育種研究室長
◎昭和三十八年八月　農林省東北農業試験場研究部長
◎昭和四十一年～四十九年　岩手大学農学部講師を併任
◎昭和四十九年十二月　農林省を退官
◎昭和五十年一月　カネコ種苗株式会社常任技術顧問
◎昭和五十六年八月　カネコ種苗取締役
◎昭和六十一年三月　形成同人
◎昭和六十二年八月　カネコ種苗を退職
◎平成六年一月　波涛同人

◇軍歴

昭和十四年　一　月　東部第三十六部隊に入営
昭和十四年　五　月　歩兵科幹部候補生採用、一等兵の階級に進む
昭和十四年　七　月　上等兵の階級に進む
昭和十四年　九　月　宇都宮陸軍病院に入院（虫様突起炎のため）
昭和十四年　九　月　乙種幹部候補生を命ず
昭和十五年　一　月　歩兵伍長の階級に進む
昭和十五年　五　月　歩兵軍曹の階級に進む
昭和十五年　六　月　満期除隊

昭和十五年　七　月　臨時召集により歩兵第六十六聯隊第五中隊に配属
昭和十六年　一　月　第三十三師団補充交代要員引卒官として屯営出発
昭和十六年　一　月　中支杭州着、交代要員四十名を引渡す
昭和十六年　二　月　上海港出帆
昭和十六年　二　月　大阪港上陸、屯営着
昭和十六年　三　月　東部軍第一下士官候補者教育隊付を命ず
昭和十六年　八　月　基兵団（第五十一師団）歩兵第六十六聯隊に転属
昭和十六年　八　月　満州国派遣のため屯営出発錦州県錦県着

昭和十六年　九　月　移駐のための錦県出発
昭和十六年　十　月　廣東省スワトウ港上陸
昭和十六年　十　月　廣東省恵陽付近の作戦並に戦闘に参加
昭和十六年　十二月　香港攻略戦に参加
昭和十七年　五　月　廣九鉄道沿線の作戦に参加
昭和十七年　六　月　廣東省北部方面の作戦に参加
昭和十七年　七　月　珠江デルタ地帯の作戦に参加
昭和十七年　九　月　内地帰還のため廣東出発
昭和十七年　十一月　香港出帆
昭和十七年　十一月　宇品港上陸、帰営
昭和十七年　十二月　召集解除退営

昭和十九年　五　月　臨時召集により東部第三十六部隊に入隊
昭和十九年　五　月　第七方面軍に転属のため宇都宮出発、門司港出帆
昭和十九年　六　月　台湾火焼島沖海戦に参加（米国潜水艦の夜襲攻撃）
昭和十九年　六　月　シンガポール港上陸、同港出帆
昭和十九年　七　月　スマトラ島パレンバン上陸第七方面軍野戦貨物廠パレンバン支廠、現地自活農場長を命ず
昭和十九年　八　月　陸軍曹長に任ず

昭和二十年　三　月　富南部貨物廠において現地自活の企画統轄業務を担当
昭和二十年　八　月　日本軍降伏、イギリス軍パレンバン進駐
昭和二十年　九　月　引続き貨物廠に勤務、残留部隊への食糧補給業務に従事
昭和二十一年十一月　内地帰還のためパレンバン出帆、シンガポール港上陸
昭和二十二年一　月　シンガポール港出帆
昭和二十二年二　月　佐世保港着、復員召集解除

受　賞　日本草地学会賞（昭和三十九年四月）
農林水産大臣賞（昭和五十五年五月）

著　書　『作物体系牧草編』
『牛歩六十年研究三十年』
『新しい中国の印象』
『蓮花川』
『遥かなる戦野』
『ひえの研究』
その他共著七冊

現住所　栃木県下都賀郡藤岡町大字藤岡八五三の一

歌集　あら草の歌

2002年2月15日　初版第1刷発行

著　者　関塚《せきづか》　清蔵《せいぞう》

発行者　瓜谷　綱延

発行所　株式会社文芸社

〒112-0004　東京都文京区後楽2-23-12

電話03-3814-1177（代表）

03-3814-2455（営業）

振替00190-8-728265

印刷所　株式会社フクイン

ISBN4-8355-3256-2 C0092